종점부근

종점부근

초판인쇄 | 2013년 5월 25일   **초판발행** | 2013년 5월 30일   **지은이** | 손애라
펴낸이 | 배재경   **펴낸곳** | 도서출판 작가마을
등록 | 2002년 8월 29일(제 02-01-329호)
주소 | (600-012)부산시 중구 중앙동 2가 24-3 남경 B/D 303호
     T.(051)248-4145, 2598 F.(051)248-0723 E-mail:seepoet@hanmail.net

종점부근 / 지은이 : 손애라. -- 부산 : 작가마을, 2013
   p. ; cm

ISBN 978-89-90438-00-3 03810 : ₩8,000
한국 현대시(韓國 現代詩)
811 . 7-KDC5
895. 715-DDC21   CIP2013006369

종점부근

손
애
라

시
집

도서출판
마을 책기

• 자서

느리게 걸으며
쌓아 올린
자그마한 두 번째 탑입니다.

잠시 멈춘 이 시간에도
천 탑을 쌓는 꿈을 꿉니다.

2013년 5월

손 애 라

1부

2 부

4 부

1부

이팝나무, 이밥꽃

하늘 우러러
이밥 한 그릇 받쳐 들었다

저 흰 쌀밥을 익히기 위해
나무는 겨우내 뜸 들였을 것이다

꽃 필 차례 오래 기다린 저 나무는
마른 우물 앞에 줄지어 서 있는
말없는 인도 여자 같다

한 그릇의 이밥을 위해
몸을 던진 여자가 서 있다

나무

제 자리를 떠나고 싶은
나무는
길 위에 몸을 넌지고
길에 누운 채
잎들은
또렷한 그림자 되어 흔들린다

제라늄이 있는 풍경

붉은 벽돌담이 고요하다

짙어진 등나무 그늘이 고요하다

나지막한 벤치가 고요하다

새벽안개를 헤치고 모여든
사람들의 낮게 떨리던 어깨

찬란한 주홍빛 제라늄꽃은
그들 기도의 응답이다

다사로운 햇살로 오고
가만가만 젖어드는 빗소리로 와도 좋을,

한낮의
뜨락이 고요하다

얼음골 사과

남명리 얼음골 사과나무가 말했다

가지 잘리는 아픔에 온몸 떨며 열매 맺고 이파리 따내
는 잔인한 손길에 빨갛게 익었노라 상처에 차오르는 수
액 방울방울 흘리며 온몸 비틀리는 고통 안으로 삭일 때
표충비석이 따라서 진땀 흘리고 오래된 절집 기왓골 너
머 줄지어 선 나무들도 내 아픔에 공명하여 붉고 노란
단풍 들었노라

사자평 갈대도 흰머리 설레설레 저으며 말했다
맞다 맞다 그 말 맞다
시고 떫은 돌사과나 될 것이제
불쏘시갯감도 못되는 갈대로나 태어나제
양지바른 골짜기 어느 돌 틈에 혼자 피었다가 스러지
는 구절초로나 태어나제

표충사 가는 길
울타리 없는 과수원에 그가 있었다

한바탕 덧없는 꿈처럼
한자리 새빨간 거짓말처럼
거기 그렇게,

우포늪 1
– 중대백로

목이 길어서 우아하다고,
털빛이 희어서 고상하다고,

함부로 말하지 마라
수면 아래 물벼룩에게는
그도 하나의 포식자일 뿐,

우포늪 2
- 生이 오종종하다

먼 곳의 수면 위에
거무스레한 얼룩이 보인다

한곳에 모여 있는 물풀

수면 위에 가만히 떠있는 몸과 달리
물갈퀴 달린 발들은
쉼 없이 물살을 휘젓고 있을 것이다

왜가리 한 마리
성큼성큼 다가가자
이리저리 흩어진다

生이 오종종하다

도화살桃花煞

봄,
비오는 골목길에
질펀하게 깔린 꽃잎들

밟히고 찢기다가
빗물에 쓸려가고

가지에 남은 꽃
안간힘 다해 열매 맺었다

여름,
솜털 보송한 풋복숭아
엄마 몰래 먹은 날

온몸에 울긋불긋
열꽃 피어났다

막사발

금 가고 버려진

지금도

청자빛 하늘 한 사발 넉넉하게 담고 있다

버그 헌터

(이봐요, 내가 왔어요 기나긴 잠에서 깨어나 맨처음 본 그대의 빛을 따라서 그대만을 바라며 먼 길 왔답니다 가까워질수록 태양보다 크고 별빛보다 아름다운 그대, 둘러싼 추종자의 무리 아무리 많아도 그대에게 바치는 나의 마음 얼마나 큰지 말로는 표현할 수 없으니……

알아요, 정작 그대가 사랑하는 이는 털북숭이 손으로 그대를 어루만지던 그 사내라는 걸 그대 정열의 불 잠재울 사람도 그 사내뿐이라는 걸

그대 발아래를 맴돌며 퍼덕이는 저이는 누구지요? 아, 큰 날개를 자랑하던 불나방이군요 그는 멋지게 뻗친 더듬이 한 쌍을 그대에게 바치고 남은 생은 개미지옥으로 끌려가 그대를 사랑했던 추억만을 반추하며 서서히 죽어가겠지만……

그래요, 나는 3억 8천만년이라는 시간이 공들여 완성한 나의 몸과 신이 허락하신 나의 일생을 몽땅 그대에게 바치렵니다 다시 태어나도 그대만을……)

하루살이의 긴 독백이 끝난 뒤,

일천 개의 터져버린 심장과
일만 개의 부서진 날개에 둘러싸인 채
차갑게 타오르는
얼음불의 여왕

*bug hunter : 빛으로 곤충이나 벌레를 유인하여 죽이는 등불
*bug : 곤충. 벌레(속어로는 열광자)

주산지 왕버들

머리칼 풀어헤친
곡비哭婢

신새벽 물안개에 울고
초이레 반달의 은빛에 울고
적막에 타는 가슴을 안고
울고 또 울어

한오백년
위리안치圍籬安置의 세월을
울어 울어 주산지

＊**주산지**注山池 : 경북 청송 주왕산국립공원에 있는 우리나라
최초의 인공저수지

＊24

영취산, 겨울

독수리 한 마리
날아오른다

흰 눈 이고 휘어졌던 대숲
웅얼거리며 일어선다

법당바닥에 오체투지로 엎드린
여윈 어깨,

뜨거운 눈물 한 방울 떨어진다

붉고 푸른 피돌기
다시 시작된다

운죽정

물소리 그치자
새벽안개 피어오른다

낭창한 허리 휘감으며
어루만지는 천 개의 손가락
신새벽마다 올리는 예경의 의식

새날을 여는 합일의 기억 있어서
대[竹]는 올곧게 자라고
안개는 형체 없는 제 몸을 슬퍼하지 않는다

천천히 거니는
내 어깨 위에
똑!
떨어지는 이슬 한 방울

그들,
지극한 사랑의 흔적이다

*26

글라스 캣 피시

작은 몸으로 바다를 다 안을 수 없어서
스스로 물빛이 되었다

유리물고기의 몸은 지금도 진화 중이다

* glass cat-fish : 유리물고기, 피부가 투명하여 내장과 골격이 그대로 보인다

백일몽 저 나무들

울긋불긋 매달린
알전구들 잎새 없는 가지마다
무겁게 이고지고
비틀거리는 제 그림자 다독이며
불면의 밤을 보낸 나무

한시절 잘 보낸
겨울열매 소문도 없이 지고나서야
백주대로에 선 채로 잠든,

백일몽
저 나무들

겨우내 빈혈 앓던 눈썹달 같은 꽃
한 송이씩 차례로 피어
빈가지 가득 잉잉거리는 밤마다
나 또한
잠들지 못하고
나무 아래 서성거렸네

보리

어깨 눌러 주저앉혔다

꾹꾹 밟아 다졌다

살얼음 풀리자 들뜨는 뿌리

스산한 겨울 들판에 서서
숨죽인 채 봄을 기다리는 어린 눈[芽]들

마침내 초록물결로 일어섰다

수없이 내리치는 매질에
산산이 흩어져 튀는 대가리들

본래부터 보리菩提를 알았으니
주린 배 채워줄 줄 아는

너는 보살菩薩이다

일어서서 달려온다

풀밭 언저리에 함초롬히 돋아난
풀잎 한 포기

일어서서 달려온다

동심원을 그리며 번져나가던
연둣빛 풀잎들
서로 손잡고 온 산야로 번지는
함성 천지간에 자욱하다

잔디밭에서 들로
들에서 산으로
힘차게 기어오르는
옅고 짙은 초록불꽃

일어서서 달려온다

정점에 올라 아우성치던

초록불꽃 스러진 자리

고요해진다

붉은 열매 한 알 달려온다

2부

설화說話 1
- 달

 옛날 옛적에 달이 지구를 낳았더란다

 어미는 딸에게 가진 것을 모두 다 주었고 마지막에
는 제가 품고 있던 바닷물까지 부어주니 그때 비로소
지구에는 생명이 깃들이게 되었더란다

 이제는 이름으로만 남은 고요의 바다, 폭풍의 바다,
허무의 바다……

 가진 것 다 주고도 사랑의 마음은 더욱 커져 지구의
밤을 밝혀주는 등불이 되었더란다

 눈물 그렁한 눈으로 올려다보면

 오냐오냐 다 안다 네 슬픔 내가 다 안다 이제 눈물일
랑 닦으렴

 다정히 웃으시는 어머니 달님

 만월의 밤이면 폭풍우 치던 바다도 순한 아이처럼
잔잔해지고,

이 세상 모든 여자는 어미가 되고 싶어 생리통을 앓
는 거다

이 세상 모든 어머니는 정화수 한 그릇 떠놓고 달님
께 비손하는 거다

설화說話 2
– 자장암 금와보살

입 다물라

-口業을 짓지 않으리니

눈 감으라

-헛된 욕심 생기지 않을지니

土窟 속 面壁千年

金蝸菩薩 無說法問

설화說話 3
– 벌레 먹은 자리

   옛날 옛적에 한 피리의 명인이 있어 지고새는 줄 모르고 좋은 소리 내기를 힘써하니 모두 그를 우러렀다는데 어느날 문득 떨치고 일어나 말하기를 모두 나를 일러 소리의 명인이라 하나 아직도 좋은 소리가 어떠하여야 하는지 아지 못하니 이제부터 명산대천名山大川을 두루 돌며 자세자세 알아보리라 하고는 길을 떠났다지요

   깊은 물을 건너고 험한 산을 넘으며, 혹은 저잣거리의 잡답에 몸을 맡겨보기도 하며, 천지간을 떠돌다가 물 가운데 피어난 한송이 연꽃 같은 섬 탐라에 이르러 산천경개山川景槪를 둘러보니 장엄한 바위절벽 위에 맑은 물 가득하고 흰사슴이 노니는 동산에는 기화요초琪花瑤草 또한 만발이라 이곳이 내가 있을 바로 그곳이로다 하고 두모악 기슭 조릿대 밭머리에 눌러앉아, 남국의 태양 아래 자주 부는 바람과 크고작은 오름들에 계절 따라 피고지는 풀꽃들을 보며지새며 그는 서서히 자연과 하나 되어 검은 화산흙 아래로 뻗

어 얽히고설킨 뿌리를 느릿느릿 헤치며거닐며 골똘한 생각에만 잠겨 지냈다지요

오랜 세월이 흐른 지금도 교교한 달빛 아래 머언 해원을 달려와 산록으로 치닫는 바람과 수런거리는 대숲이 더불어 한바탕 소리잔치가 장한 밤이면 그도 또한 댓잎에 올라 까마아득한 옛일을 추억하며 칼날 같은 잎새에 피리구멍을 뚫어본다는데,

새는 날에 그곳을 지나던 길손은 햇살이 국수가락처럼 빠져나오고 실바람도 동그랗게 몸을 말고 지나는 벌레 먹은 구멍을 세어보며 지난 일들을 짐작해 볼 뿐입니다

설화說話 4
– 극락조

옛날 옛적에 한 임금이 있어 부리와 다리가 황금으로 된 상서로운 새 한 마리를 얻으니 이 일을 귀하게 여겨 낮밤으로 곁에 두고 사랑하시었다

세월이 흘러 늙은 임금이 붕어하시자 백성들은 큰 능을 만들어 온갖 부장품들과 사랑하시던 새를 같이 묻었고 임금과 새는 서천西天을 향하여 먼 길을 떠나게 되었다 황금의 다리가 무거워 날 수 없는 새는 제 다리를 임금님의 금은보관 옆에 남겨두고 떠나 서천에 닿았으나 다리가 없으니 앉아서 쉬지 못하고 끊임없이 날갯짓하며 허공중에 떠 있어야만 하였다 구만리장천九萬里長天을 다시 건너온 그가 산하를 헤매며 제 다리를 찾아다닐 때, 금부리로 구슬피 우는 소리는 듣는 이의 애간장을 끓게 하고 날갯짓 한번에도 광풍狂風이 일어나니 천지만물이 숨죽여 엎드리고 더러 심약한 이는 숨을 지우기도 하였다 이에 사람들은 그를 일러 극락조라 불렀다

지금도 간혹 눈 밝은 이가 있으매 그 형상을 보기도
하고 나래치는 소리를 듣는다고도 한다

＊금으로 만든 새의 다리 : 양산 금조총 출토 유물, 동아대박물관 소장

설화說話 5
- 햇님불가사리

옛날 옛적, 햇님이 바다너머 가라앉아 잠자던 시절
에는 아침마다 세수하는 햇님 얼굴이 붉게 비쳐 바다
와 뭇생명들이 같이 깨어나곤 했습니다 어느날, 늦잠
에서 깬 햇님이 급히 수평선으로 떠오르며 작은 햇살
한조각을 빠뜨렸습니다

깊은 바다에 잠겨들어 오랜 세월 잠들었던 햇살조각
이 깨어나 꼬물거리며 해저를 헤집고 다닐 때, 아기
잇몸이 근질거리며 하얀 젖니가 돋아나듯 손가락이
돋아났습니다

다섯 개의 예쁜 손가락으로 중천의 햇님을 찾아 바
닷가로 나온 불가사리가 기진하여 쓰러지면 어머니
햇님은 그 등을 토닥토닥 두드려 선홍빛 예쁜 색으로
물들게 하고 아기는 행복한 웃음으로 어머니 햇님께
로 돌아갑니다 어린 친구 가시단풍불가사리와 함께,

설화說話 6
– 필석

원시原始의 바다를 보았다

그랍톨라이트 무리지어 부유하는 불루블랙의 늪, 그 위로 무겁게 드리운 다크불루의 짙은 밀도는 공기의 어미[母]이다

굳지 않은 대지大地 아래 지구의 맨틀에서 가끔씩 전해지는 진동은 장차 나타날 맘모스의 육중한 움직임을 예비하는 듯하다

흔들리는 낭떠러지 위에 납작 엎드려 그 혼돈을 바라보던 내가 손을 들어 가리키자 늪과 공기 사이, 흰 선을 그으며 수평선이 생겨나 그때부터 바다와 하늘이 갈라지게 되었다

***필석** : 그랍톨라이트Graptolite, 고생대 오르도비스중기(4억6천만년 전)에 번성한 연체동물의 원시형태 생물의 화석

설화說話 7
– 해인海印을 보다

　물길 따라 굽이굽이 깊은 골짝에,
　다소곳이 들어앉은 내원사 절집은 일주문 바로 안에
해우소가 자리 잡고 있어 부처를 찾아간 이들 모두 부
처보다 똥냄새를 먼저 만나고는 코를 막고 얼굴 찡그
리며 뜨락에 들어서는데 이곳 부처님은 선나원禪那院
이라 이름붙인 선방에 좌정해 계시었습니다 삼배 올
리고 우르러니 '그래, 피바다를 지나야 평화 이루고
똥바다를 지나서야 부처 만난다네 사람살이에는 먹는
일과 싸는 일이 다 같이 귀하니 그대는 얼굴 찡그리지
말라' 이르시는 그 말씀에 옷깃 여미며, 섬돌 아래 벗
어두었던 신발 꿰고 허리를 펴니

　놀라워라!
　해우소 지붕의 가지런한 기왓골과 그 너머 무성한
나무 초록의 풍경이 저희끼리 어울려 사람들 모두 해
우소를 배경으로 '치–즈' 하며 사진 찍기에 바쁩니다

　천명의 성인이 살았다는 옛이야기 되새기며

고해를 건너 참 성인 되신 분의 큰 뜻 여기 담긴 듯
하여

햇살 따사로운 해우소 붉은 벽을 어루만져 봅니다

설화說話 8

— 오륙도 등대

다복솔 드문드문한 언덕바지 계사에는 닭들이 살았다 곱아진 손가락으로 달걀을 다룰 수 없어 닭똥이나 치우던 아버지는 겨울이 오자 군고구마장수로 나섰다 털벙거지모자 눌러쓰고 실장갑 한 켤레로 무장한 아버지는 극장 앞에서 고구마를 구우셨다 문둥이의 직업은 겨울 군고구마장수라며 웃으시던 아버지— 모자를 눌러썼으니 빠진 눈썹이 보이지 않고, 감각이 죽어버린 손가락은 데는 줄도 모르고 뜨거운 고구마를 뒤적거릴 수 있는— 의 눈에서 반짝이던 것은 한 방울의 이슬이었을까

젊은 문둥이들이 데모하던 날, 아버지는 말씀하셨다 한센인이나 나환자나 문둥이는 다 같은 말이라고 또 미감아나 문둥이새끼나 똑 같은 말이라고 그리고 너희들은 문둥이새끼임을 잊지 말라고 하셨다

다시 돌아온 봄에 계사의 닭들은 살기좋다는 농장으로 이사를 가고 아버지도 먼 바다 저쪽 사슴이 산다는

멋진 곳으로 떠나셨다 우리들 육남매를 남겨둔 채

 별빛도 길을 가리켜주지 않고
 달빛도 위로가 되지 않는 적막한 밤에는
 가슴 깊은 곳에서 싸느랗게 잠자던 불씨 하나 살려
내어 온 바다 밝혀본다

3부

연밥

하안거 끝낸 스님네들
雲水衲子 되어 떠나며
제 먹던 밥그릇 하나씩 남겼다

온세상 배불리 먹일,
고봉밥 담긴 갈색 밥그릇

춘자에게

작은 눈에 수줍음 타는 춘자야

임금님의 일곱째 딸로 태어나 버림받았던 바리데기는 아버지를 살릴 생명수를 구하려 길을 떠나서 걷고 또 걷다가 만난 무동이에게 몸을 주고 아들까지 낳아 주었지만 마음만은 뺏기지 않아 죽은 아버지를 살렸단다

어린 내 동생 춘자야 이 세상 동정의 눈물에 마음 뺏기지 말아라 연민의 시선을 부끄러워하지 말아라 네가 마셔야 할 생명수는 감은 눈까풀 사이로 흐르는 네 어머니의 눈물 한 방울이다 앙상한 손가락을 마주잡고 잠 못드는 밤에 가만히 내쉬는 한숨이 너의 양식이다 이 시대의 무동이는 햇살 같은 웃음을 사방에 뿌리며 아름다운 걸음으로 성큼성큼 다가오지만 그 발자취에는 구정물이 고이고 그 입김에서는 썩은내가 풍긴다

춘자야 숨어라 꼭꼭 숨어라 두 눈 꼭 감고 귀도 꼭 막

고 어머니 등 뒤에 숨어라 누구보다도 잘 보이고 잘
들리는 네 어머니 심장의 고동소리를 들어라 억만년
전부터 너만을 사랑한 대지의 힘찬 숨소리를 들어라

*어린 소녀 춘자는 귀 먹어서 말 못하고 눈 멀어서 볼 수도 없는 어머니의 입이
되고 눈이 되어 씩씩하게 살아가는 이 시대의 바리공주입니다

새로운 바람 되어
-『새로운 몸짓으로 살려는 소망』을 읽고

고목의 空洞에서 들리는
돌바람 퉁소 소리에
가만히 귀 기울어 들어보네

멀고먼 고원에서 들리는
아름다운 마음의 소리 아련히 들려오네

버물어 빚은 詩酒 한 모금 마시고
진솔하게 토해내는 始原의 소리

사람사람 저마다의 가슴에 스며들어
잎으로 돋아나라,
꽃으로 피어나라,
열매되어 맺혀라,

한마음으로 기원하는
축복의 소리도 같이 메아리치네

* 『새로운 몸짓으로 살려는 소망』 : 조원기 시인의 시집

추억 노트

외할머니의 가슴에서는 잘그락 잘그락 파도에 씻기는 자갈소리가 들렸다

외할머니 이야기속의 동해바다는 언제나 잔잔하고 고래는 떼로 몰려와 고랫배 망경통 외할아버지는 수평선 너머의 고래도 꿰뚫어보고 '왔다아~!' 소리치고는 태산 같은 귀신고래 한 마리 작살내는 것은 일도 아니었다고, 고래등 기와집에서 떵떵거리며 살지 못하고 파도 따라 팔도를 떠돌다 빈손 털고 돌아왔다고,
원추리꽃 한송이 핀 장독대에 맹물 한그릇 떠올리고 '잘몬했심니더 잘몬했심니더 이 자손 잘몬했심니더' 빌고 또 빌던 외할머니 무명저고리에는 먼 바다의 파도너울이 일렁거렸다

감당 못할 세파에 떠밀린 날에는 주황색 나리꽃 한아름 안고 외할머니의 시들은 젖무덤에 기대어 폭풍우 몰아치는 동해바다에 내 짠 눈물도 보태고 싶었다

그 오막살이

바람소리는 언제나 무서웠다
윗대 할아버지는 죽창에 찔려죽고
모자란 삼촌은 이유도 없이 죽고
문둥이가 숨어산다는……
껌껌하고 무서운 비밀을 간직한 채 얽힌 대숲
끼니때마다 갈색 정종병에서
소주 한보시기 따라 마시며 마른기침하시던
할아버지 머리맡의 대나무회초리는 무서웠다
뽀얗게 오동통한 죽순을 따서 먹고
대나무회초리로 종아리 맞으며 자란 나는
휘지도 부러지지도 않는,
대숲이 낳은 아이

죽순이 쑥쑥 자랄수록
납작 엎드리던 토담과
가시 빽빽한 울타리에
튀밥 같은 탱자꽃 하얗게 피면

더 칙칙해지던 삭아가는 초가지붕

마음속 그림 한 장으로 남은,

지금은 없어진 그 오막살이

모과나무

초등학교 가까운
골목길 끝
단층집에 그가 살았다

탁구공 구르는 소리
핑 퐁 핑 퐁 들려오는 한낮
낮은 담장 밖으로
기웃이 고개 내밀어 내다보던 그

양지바른 남향집
창문턱에 앉아 기타 치던 그

석양 무렵이면
마당에 서서
긴 팔 치켜들고 기지개 켜던 그

한때 황금의 종 같은
열매 무성히 매달던 때 있었으나

이제는
잎새 다 떨구고
홀가분한 검은 몸으로 서 있는 그의 옆에
가만히 섰다

나도 한 그루 작은 나무가 되었다

삶

삼각파도가 덮친다

넘어졌다 다시 일어난나

그는 서핑 중이다

*surfing : 파도타기

술패랭이

어린 신랑 돌림병으로 잃고

시름시름 앓다가 일어난

새각시의 분홍저고리

아버지 생각 1
– 월북무용가 최승희

아버지의 손금고 안에 있던
빛바랜 흑백사진 한 장은
월북무용가 최승희의
보살춤 사진이다
계란형의 예쁜 얼굴과
꿈꾸는 눈빛
크고 작은 구슬목걸이로 치장한
얇은 의상을 따라
손가락을 쓸자 살아나는
완벽한 에스라인 몸매

실패한 인생의 울화를
도수 높은 소주로 끄시던
아버지의 꿈의 모습일까,
이상의 여인이었을까,
가끔씩 꺼내어 들여다보며
한숨이라도 쉬셨을까,
꿈은 꿈일 뿐이라며

한 장의 사진만 남긴 채
동분서주하시던 아버지

무언가 높고 귀하고 아름다운 것
잡히지 않는 꿈을 꾸시던
아버지 가신 그 나이가 되자
나는 자주 백일몽을 꾸었다
아스라이 멀어서 두렵기조차 한
어느 여인의 치마꼬리를 따라가는,

아버지 생각 2
– 밤의 산책

아버지 걸어오신다
중절모 쓰고 눈빛 매서운 아버지
쥐색 보식두루마기자락 휘날리며
말없이 스쳐지나는 아버지

돌아보면 꼿꼿한
척추아래 한쪽이 짧은 다리
빠르게 걷는 아버지 모습
점점 멀어져간다

잠 못드는 번민으로
날밤을 새우시던 뜬 눈 앞에
조르르 꿇어앉은 오 남매는
아버지 튼실한 팔로도 안을 수 없는
크나큰 짐은 아니었을지

보름달빛 쏟아진 물처럼
출렁이는 아스팔트길에

밤안개로 깔리는 전설 같은 이야기들

아프게 추억해보는

밤의 산책길

그 여자와 그 남자

- 늅谷선생에게

화성에서 온 남자와
금성에서 온 여자가
초록별 지구에서 맞닥뜨렸다네

그 남자, 그 여자의 아리따운 자태에 눈멀고
그 여자는 묵직한 저음의 목소리에 호감 가졌다네

그를 위해서 꽃단장한 여자와
힘을 다해서 세레나데를 부르는 남자
서로의 행복을 위해서라며
결혼을 하고 새살림을 차렸다네

달콤한 밀월의 시간이 지나고
남은 현실엔
목소리 커진 아내와
이제는 과묵해진 남편이 있을 뿐이었네

'우리 이야기 좀 합시다' 는

아내를 돌부처 보듯 하는
남편에 대한 선전포고

휴전과 냉전과 치열한 전쟁이 거듭되며
오랜 세월 지나고
호젓한 공원의 벤치에 나란히 앉은 두 사람
서녘으로 넘어가는
저녁해 뒤에 깔린 자줏빛 노을을 보고 있네

평생이 걸려서야
같은 쪽을 보게 된 두 사람
서로의 손을 더듬어 마주 잡네

버드나무 아래

버드나무 아래에 서니
오래 잊었던 옛추억 다시 떠오르네

탑돌이 하는 밤
야단법석野壇法席 즐거운 사람들을 피해 서성이다
물가에
홀로 선 그대를 처음 보았네

언제나 고적하던 나,
보다 더 고적한 그대
초여드레 달빛에 씻기어
파르라니 빛나는 섬섬옥수는
우리 공주 선화보다 어여뻐서
잡을 염念도 내지 못하고
마주 서 있기만 하였는데

별과 별 사이 이어지듯
사람과 사람 사이 이어지듯

그대와 나도 이어져
천년의 이별 뒤에 다시 만났네

오늘은 오래 참은 등걸에 기대어
풍겨나는 그대 살내음
침향沈香으로 맡아보네

미스김 라일락

신평리 아재네 다섯 딸의 맏언니는 방직공장으로 일하러 떠났다

가난하던 아재집은 살림이 늘고 시멘트 발라 반들거리는 마당에서는 동네잔치가 벌어지기도 했다

어느날 갑자기 언니가 돌아왔고 어른들은 그녀가 중병이 들었다고 수군거렸다

개량주택 마루 끝에 걸터앉아 먼 하늘을 보던 언니의 눈에서는 하염없이 눈물이 흘렀고 왠지 슬퍼져 따라 우는 나를 꼬옥 안아주던 손은 차가왔다 읍내로 외출한 날 연보라색 원피스에 뾰족구두를 신은 선녀 같은 언니를 지나치며 무어라 알아듣지 못할 소리를 하던 남자를 돌아서서 쏘아보는 그녀의 눈에서는 산소용접기 같은 새파란 불꽃이 쏟아졌고 나는 불이 얼음처럼 차갑기도 하다는 것을 그때 알았다

커피를 물 같이 마시고
싸움 잘하고 욕 잘하며

인정 많고 눈물도 흔해진,

이제는 늙어가는 언니의 시들은 젖가슴이 그립다

＊Miss Kim Lilac : 한반도 원산의 상록교목을 미국으로 가져가 개량한 꽃나무.
정향나무, 수수꽃다리

요염한 너

나를 보셔요

　독 짓는 늙은이*가 바람나서 도망간 젊은 아내의 맨
살을 그리워하며 빚었음직한, 그 여자의 팡파짐한 엉
덩이만큼이나 풍만히 아름다워 떨리는 손끝으로 쓰다
듬으며 회한의 한숨을 쉬다가 항아리 저 밑바닥에서
스멀스멀 피어오르고 넘쳐나는 바람기를 잠재우고자
어깨높이 어디쯤 꾹꾹 눌러덮은 뚜껑에
　얌전히 드러누운 나를 보셔요

　깊은 바다 차가운 물에
　내 뜨거운 가슴 식히며 살고 있을 때
　희멀건 눈깔 치켜뜬 명태는
　동태가 될 운명이었고
　탐욕스러운 입술 번들거리던 고등어는 지금
　고갈비로 이름이 바뀐 채 적쇠 위에서 지직거린다는
군요

나를 보셔요
맑은 바다 위로 도약하던 유연한 몸을
한 톨 한 톨 무지갯빛으로 찬란히 반짝이던
비늘 벗겨진 맨살의 아름다움을

나의 배 갈라지고
내 마음도 꺼내지고
서해안 천일염 뿌려져도
선홍빛 정열 그대로 머금은 내 아가미를 보아주셔요
요염하게 드러누워 당신을 부르는,

나를 보아주셔요

*독 짓는 늙은이 : 황순원의 단편소설

4부

종점부근 1
– 天海길

헐타상회 청도쌀집
간판 없는 가전수리점 지나
연장통 어깨에 멘
아버지 오시던 길
함지박 머리에 인
어머니 오시던 길
낮은 담장 너머로 찌개 끓는 소리,
흑백사진 속의 그 길 고스란히 남아있다
버스는 종점이라 운행을 멈추어도
사람의 길은 사방팔방 뚫려 있어서
어스름 저녁 가쁜 숨 고르며
天海길 오르다
문득 돌아보면
불콰해진 얼굴로 흔들리는 송도 앞바다

달 밝은 밤마다
천마산의 천마는 하늘로 날아올라
은하수를 마시고
천정 낮은 방안에서 잠든
아이들은 별에 대한 꿈을 꾸었다

종점부근 2
- 신선로

떠밀려 떠밀려서
다다른 이곳에 뛰어내릴 벼랑은 없다

다닥다닥 붙여지은 누옥陋屋 뒤
흔적만 남은 동산 꼭대기에는
흐린 초록빛
오종종한 다복솔 몇 그루

골리앗 크레인이 줄줄이 늘어선 하역장
먼 곳에서 왔다가
또다시 모를 곳으로 떠날,
보세장치장의 컨테이너 박스들은
사람이 들어가 눕기를 기다리는 관棺 같다

저기 어디쯤
지친 몸 부려놓을 곳 있을까
허청거리는 걸음으로
복지관 옆길 따라 내려오며 중얼거린다

지축을 흔들며
신선로를 질주하는 트레일러들 너머
종점식당의
뜨거운 국밥 한 그릇이
지금 그의 낭떠러지다

종점부근 3

− 백양산 선암사

간판으로만 지어올린
상가건물 지나
(맨 아래의 간판 하나를 떼어내면
저 건물은 폭삭 주저앉을 것이다!)

밀립한 아파트 단지 뒤편
초등학교와 중학교를 지나
(학교 건물과 형무소 건물의
붉은 벽돌은 통제의 표상이다!)

넉넉한 원추형의 백양산이 품은
천년고찰 선암사
산과 절집이 같이 동안거에 들었으니
장하게 흐르던 폭포도 묵선 중이다

산악자전거를 타고 오른 사람
오솔길의 고요 속으로 사라진다

뚜벅뚜벅 걸어오던 또 한사람
숲의 고요 속으로 사라진다
바람 한 줄기
바싹 마른 낙엽더미 밟고 지나
허공 속으로 사라진다
(이곳은 고요의 영역이다!)

종점부근 4

- 철마, 한우농장

철마에는,
머리도 꼬리도 없이
해체되어 내어걸린
고깃덩어리가 있을 뿐이다

차돌박이 아롱사태 대둔근 꽃살갈비
호사가의 입맛을 자극하는
예쁜 이름은 어느 시인의 작명일까

같이 늙어가는 농부의 추임새 들으며
묵묵히 써레질하고 논배미 돌아걷던
그때에는 이름도 성도 없이
누렁이이면 좋았다

모차르트를 들으며
인삼가루 섞은 사료를
되새김질하는 진짜순토종우리 한우들,
농경의 추억을 잃어버린 그들은

미래도 같이 잃고
현재만을 살고 있다

국도변
흐린 초록빛 관목들과
멀미나게 노란 꽃 만개한 유채밭머리에
한 마리 哲馬로 우뚝 서서
몽롱한 이 봄날을 지키고 싶다

종점부근 5
– 장례식장

참,
멀리도 왔다
그저 열심히 걸었을 뿐인데……

어떤 미모도 국화꽃에 둘러싸이면
그 빛을 잃고
아무리 풋풋한 젊음이라도
상복은 어울리지 않는 패션이다

환승버스도 없는 곳에
홀로 두고 돌아오는 길,
뚝방 위로 난데없는 낮달이 떴다

종점이 너무 가깝다

종점부근 6
– 먼물샘

담쟁이 무성한 돌담길 따라
한낮의 햇살에 졸고 있는 소잔등 같은 언덕을 넘어
초록초록 우짖는 산바람소리 들으며
걷다 걷다 지칠 때쯤이면 그 샘이 보일거야

해는 어느새 서녘으로 기울어
하늘엔 아기손톱 같은 분홍빛 어리었는데
아카시아꽃 숭어리 숭어리 열려
비린 향내 풍기는 오월의 산,
그 산 어느 골짝에
퐁퐁 솟아나는 맑은 샘

어둑신한 숲을 배경으로
샘가에 앉은 한 사람
깊은 심연을 들여다보고 있는
눈썹 짙은 그 사내
등 뒤로 가만히 다가가
사랑하고 싶어

활활 타올라 재로 남는 불의 사랑 말고
낮은 데로 흘러 고루 스미고 위무하는
물 같은 사랑을 하고
하얀 종아리 미끈하게 잘 빠진
자작나무 같은 아이들 서넛 낳아 길렀으면 좋겠네

가지에 깃든 산새들 지저귈 때마다
그 곳은 언제나 그리운 풍경으로 살아나고
퐁퐁 솟는 작은 샘 하나,
내 가슴에 언제까지나 마르지 않겠네

종점부근 7
– 용호농장

1.

사랑하라–
사랑하라–
서로 사랑하라–
빨간 양철지붕 녹슨 종루에서
끊임없이 울리던 소리

용서해 주소서–
용서해 주소서–
용서하여 주옵소서–
지은 죄도 없이 가슴을 치는
통성기도소리 차츰 높아지던
상애교회相愛教會의 주일

서로를 사랑하지 않고는
견딜 수 없어
물었던 안부 다시 물으며

사람들 서성거릴 때,
습기 많은 길섶의 맨드라미도 새삼 붉었다

2.

고깃덩이를 낚아챈
독수리 발톱 같은 힘으로
바위벼랑 위 흙 한 줌 움켜쥔

늘푸른 저 소나무

종점부근 8
- 안창마을

    이파리 무성한 왕벚나무 아래 비스듬히 기댄 사내,
주저리주저리 사설이 길다 내가 이래도 말이야……
아버지 손에 이끌려 고향 떠나던 일, 소싯적 잘나가
던 이야기, 단물빠진 껌 씹듯 곱씹는 이야기속의 과
거는 언제나 찬란하다

    오리 한 마리 키우지 않는 오리고깃집 앞 평상에 모
여앉은 할머니 서넛, 깊은 주름 안쪽 불꺼진 창문 같
은 눈으로 오리고기 배달차를 유심히 보고 있다

    안주 없이 마신 탁주 몇 잔에 깜북 잠들었던 사내,
부시시 깨어나 서쪽하늘을 쳐다본다

별볼일 없는 사내의
대책 없는 하루가 저물어간다

종점부근 9
– 기차마을

콧노래 흥얼거리며
미로迷路 같은 골목길을 걸었다

하늘색과 연둣빛초록으로 칠한
벽 사이에 잘 익은 감색지붕 하나 열려있다

고무함지에 심어 가꾼
알록달록 예쁜 금잔화, 봉선화, 난초는
포근히 감싸안은 옥녀봉과 하늘에
바치는 그들만의 꽃공양이다

밤마다
깊이 잠든 사람들을 싣고
언덕배기 비탈길을 내달려
감천 앞바다를 떠도는
오막살이집들 위로 무지개 떴다

종점부근 10
– 비석마을

삶과 죽음이 둘이 아닌 것을
일찌감치 깨달은 사람들이 산다

자갈치에서,
국제시장에서,
하루의 노역을 마치고 돌아올 때
어둠살 아래 디디는 빗돌은
피곤한 발걸음 확실하게 받쳐준다
거기 발그레 불밝힌 창문과
단란한 저녁의 밥상도 있다

다듬은 석재 나뒹구는 빈터
잡초 무성한 풀밭에 홀로 핀
도라지꽃도 죽음처럼 깊이 잠든다

종점부근 11
– 금곡

범어 노닐던 정수리*
골짜기 가득 흘러내린다

비늘 반짝이는 놀빛
낙동강을 건너
김해 들녘의 벼포기 황금빛으로 물들인다

금곡은 金谷이다

종점부근 12

– 마하사摩訶寺

곱게 펼친 연꽃인 금련산, 꽃잎과 꽃잎 사이 골짜기
에 다소곳이 자리잡은 천년고찰 마하사, 가파른 사바
의 길 허위허위 올라와 땀 훔치는 길손에게 산문 앞
왕대숲이 술렁거리며 어서오라 반깁니다

햇살 곱게 깔린 대웅전 아래 마당귀에 수련 한 송이
피어 이심전심 연꽃 들어 보이신 뜻 생각하게 합니다

마하반야바라밀다…… 마하반야바라밀다…… 소리
높여 읊조리는 대중들 머리 위로 금빛법의로 단장하
신 천불 부처님 고요히 굽어보고 계십니다

청단청 장엄한 불국의 하늘에는 비파 껴안은 천인과
피리 부는 천녀가 분홍옷자락 나부끼며 가릉빈가의
노래 들려줍니다

불佛의 노래와 법法의 노래 어우러져 고운 화엄華嚴
이루니 큰 연꽃 한 송이 두둥실 하늘로 떠올라 서방정
토로 나아가는 큰수레[大乘] 되었습니다

종점부근 13
– 후문주차장

이곳의 주민들은 힘이 세다
자동차 두세 대씩 이고도
거뜬히 잠들 수 있다

떠오른 아침햇살의 정기 맨먼저 받고
달도 별도 자주 만나는 사람들
더운 날 저녁엔 부채 하나씩 들고
골목길에 나와 앉아
누가 먼저랄 것도 없이 아이디어도 척척,
그는 누구였을까*
맨처음 옥상주차장을 제안한 이는
새날이 밝자 하역일로 단련된
굵은 팔뚝 걷어부치고
스레트지붕 걷어내었다
공굴* 부어 굳혀 편편해진 지붕 앞에
'후문주차장' 간판 내걸었다
옥상주차장 부수입이 쏠쏠하다며

막걸리 한 잔씩 돌리겠다는,

사철 러닝바람인 그의

등판에 바람구멍이 송송하다

*그는 누구였을까~ : 청마의 시 「깃발」에서 차용함
*공굴 : 콘크리트

종점부근 14
– 산동네 태권도장

아이들 품새 잡는 기합소리 우렁차다
산수도 물 받던 엄마들
조용히 귀기울이며 미소 짓는다
반쯤 지워진 빨간페인트 글씨
'희망태권도'
이곳에서 심신을 단련해야
저 아래 낮은 세상으로 나아갈 수 있단다
옛이야기처럼 되풀이되던 엄마의 당부말씀

심신을 야무지게 수련하고 나자
사십오도 비탈길 좁은 골목이 지겨워져
뿔뿔이 떠나버린 그때 그 아이들
지금쯤 저 아래 낮은 세상에서 잘 살고 있을까

수맥 끊기자
산수도 잠기고
태권도장 문도 닫혔다

아이들 없는 적막한 골목길
깜깜하게 닫힌 함석덧문 사이로
빈 바람소리 한숨처럼 새어나온다

종점부근 15
− 매축지마을에서

문간에 앉아

발톱 깎는 남자를 보았다

도무지 나이를 짐작할 수 없다

늦봄의 햇살 아래

얼굴을 깊이 수그리고

유서를 쓰듯 또박또박 발톱을 깎는다

삭아가는 유리문 안쪽

깊은 어둠 속에서

밭은 기침소리 터져나온다

다 쓴 유서를 접어놓듯

시간을 접어놓은 남자는

가로등 없는 성남이로*를

천천히 걸어서 밤의 거리로 나선다

늑대인간의 발톱은 빨리 자란다

*성남이로 : 매축지마을을 관통하는 길 이름

종점부근 16
– 벽화마을

희망의 홀씨를 불던 아이는
고구려고분 속 벽화처럼
천천히 퇴색되고 있다
누군지도 모를 무덤주인에게
햇살 바른 양지를 양보하고
겸손하게 뒤로 물러앉은 집들,
나지막한 텃밭은
온통 풀꽃들이 차지했다
엉성한 돌담 위의 아이들
저요, 저요, 소리 없는 함성으로
깊이 잠들었던 마을을 깨운다
오색바람개비 힘차게 돌아가고
자전거바퀴도 구르고
비누방울 풍선 하늘로 둥둥 떠오른다
아이 뒤를 따르는 삽사리도 흥이 났다

우뚝한 성채 같은
아파트에 불빛 켜지는 시간

일 나갔던 가장들,

날개 지친 새들,

접시꽃 핀 언덕 돌산공원을 찾아든다

종점부근 17
 - 광산마을

일광에서 시집온 내리댁

농사도 물일도 싫어,

간조*타서 쌀팔고 고기 사는 광산인부가 좋아,

광산마을 생활에 썩 만족하셨다

일제가 물러가고 새 세상 되어도

묵묵히 땅굴이나 파는 남편이

변함없어 좋았다

산은 오르라고 있는 것,

아니 그 아래로 파들어 가라고 있는 것,

강변하는 자본의 논리에

남편 뺏겨도 떠날 수 없었다

하늘을 쳐다보지 않고

땅 속만 보는 말없는 아버지가 싫다며

야밤에 기차타고 떠났던 아들이

갖다 맡긴 핏덩이

이 마을에서 잘 키울 수 있었다

여든여덟 내리댁할머니

어엿한 자리로 시집간 손녀딸 자랑이 하고 싶어

할 일 없이 산으로 올라가는
등산객들 향해
평상에서 쉬었다 가라며 손짓하신다

미로처럼 뚫린 갱도를 품은 산,
짙푸른 녹음은 할머니의 든든한 배경이다

＊간조 : 급여를 일컫는 일본말

＊102

종점부근 18
– 문탠로드

시정의 골목을 헤치고 온 말들
하나 둘 무리지어 모여든다
그늘만 골라 디디는 말의 무리
지나가는 길을 따라
피었다 스러지는 꽃들이 창백하다
혼자 걷는 저 사람은
곁눈질하지 않는다
말없이 뚜벅뚜벅,
걸어가는 그의 길은
말하지 않으므로 환해진다
깊어가는 그늘 아래
꽃들의 하루는 점점 짧아지고
그의 이름은 단문으로만 발설된다
밤새 걸으며 허공으로 쏘아 보내는
그의 은빛 화살들은
새벽이 지나면 초록빛 바늘잎이 된다
문탠로드 끝에서도
그녀는 말이 없다

종점부근 19
– 삼각주

깊은 골짜기 바위틈에서 떨어진
모래 한 알이
유유히 흐르는 강물을 따라 흐르다가
바다를 만나자 멈칫 걸음을 멈추고

어서 오라 어서 오라
안타까운 바다의 하얀 손짓도 본 체 만 체
제 떠나온 골짜기를 향하여
차곡차곡 쌓이는 모래알들

마침내
착한 물길 지면 아래로 잦아들고
그리움으로 단단해진 모래땅에
풀씨 하나 날아들어
뭇생명 깃들이니
저도 누군가가 그리워할 고향이 된 것이다

종점부근 20
- 우울한 날에는 다대포로 가세요

다대포의 석양은
앉아서 보아야 한다

바람이 그려놓은 파도무늬 고운 모래밭에
웅크린 나무 같은 긴 그림자 뒤에 거느리고
낮게 앉아서
두 팔을 뻗었다

눈높이로 가라앉은 바다에
반쯤 잠긴,
낮의 간난신고艱難辛苦로 물기 그렁그렁하지만
결코 눈물 흘리지 않는 눈을
오래오래 들여다보았다

서서히 물기 걷히고 안식을 준비하던
선량한 눈
마침내 완전히 감기자
해송 사이에 숨죽이고 있던 바람이 다시 불고

벼랑 위의 갈매기둥지 같은
아파트의 창들에 불이 켜진다

낮게 웅크렸던 그림자도
제 길이로 일어나
가로등 아래를 천천히 걸어서
제 집으로 돌아간다

가슴속에는
잠든 햇덩이를 품고,

종점에 선 설화

– 손애라 시집『종점부근』

유 병 근(시인)

• 생명의지

손애라의 시집『종점부근』은 삶의 중심을 생각하게 한
다. 어떤 세계를 보아도 손애라는 그 세계를 삶과 직결하
는 시적기법으로 시의 맥락을 잡으려 한다. 삶의 터전이
곧 시라는 명제를 갖는다고 할까. 그런 인식이 줄곧 시의
바탕에 깔려 있다. 그만큼 삶에 치열하고 삶에 순응하는
자세를 엿볼 수 있다고 할까.

'그릇' '쌀밥' '우물' (「이팝나무, 이밥꽃」)을 우선 들춰
보아도 일상생활과 직결되는 이미지가 먼저 시선에 닿는
다. 그 아프고 치열한 삶의 과정이 다음 구절에서도 현저
히 나타난다.

가지 잘리는 아픔에 온몸 떨며 열매 맺고 이
파리 따내는 잔인한 손길에 빨갛게 익었노라
상처에 차오르는 수액 방울방울 흘리며 온몸
비틀리는 고통 안으로 삭일 때 표충비석이 따
라서 진땀 흘리고 오래된 절집 기왓골 너머 줄
지어 선 나무들도 내 아픔에 공명하여 붉고 노
란 단풍 들었노라

- 「얼음골 사과」 부분.

사과 한 알이 익고 사과나무에 단풍이 드는 것은 계절에
의한 것만은 아니다. ①가지가 잘려나가는 온 몸의 아픔을
지나, ②이파리를 따내는 잔인한 손길을 거쳐, ③몸을 비
트는 고통을 삭이고, ④표충사 비석이 진땀을 흘리고, ⑤
절집 기왓골 너머의 나무도 아픔에 공명하여, ⑥비로소 붉
고 노란 단풍도 든다. 얼음골 사과가 열리는 이른 봄의 가
지치기는 충실한 사과를 보기 위한 농부의 노동이다. 그
노동 끝에 사과는 맺히고 익은 다음 어느새 가을이 저문
다. 나무에는 단풍이 매달려 세월의 덧없음을 보여준다.
이처럼 손애라는 한 알의 사과에서 계절의 움직임과 노동
과의 관계를 나타낸다.

수면 위에 가만히 떠있는 몸과 달리
물갈퀴 달린 발들은
쉼없이 물살을 휘젓고 있을 것이다

왜가리 한 마리
성큼성큼 다가가자
이리저리 흩어진다

生이 오종종하다

-「우포늪 2」 부분.

　　손애라의 생명관은 오종종한 생을 보듬고 있는 늪에서 인간의 生을 직시한다. '쉼 없이 물살을 휘젓'는 '물갈퀴 달린 발들'의 생명의지를 인간의 생명의지에 빗대고 있음을 알 수 있다. 물아일체다. 그런 가운데 손애라의 깨달음이 자란다. '너는 보살이다'(「보리」 부분)는 '스산한 겨울 들판에 서서/숨죽인 채 봄을 기다리는 어린 눈'(상동)이 '마침내 초록물결로 일어'(상동)서는 힘이 보인다. 그 힘으로 '일어서서 달려온다'(「일어서서 달려온다」 부분)고 강조하는 힘의 원천을 진술하는 여유를 드러낸다.

머리칼 풀어헤친
곡비哭婢

신새벽 물안개에 울고
초이레 반달의 은빛에 울고
적막에 타는 가슴을 안고
울고 또 울어

한오백년

위리안치圍離安置의 세월을
울어 울어 주산지

　　　　　 – 「주산지 왕버들」 전문.

　주산지 저수지 안의 왕버들은 머리 풀어헤치고 울어주
는 가련한 '곡비'다. 저수지에 발을 담근 그대로 한발도
움직이지 못하는 슬픈 운명이다. 이러한 인식이 시의 모습
을 남다르게 직조하는, 이른바 낯설게하기의 길이 된다.
그러니까 왕버들=곡비다. 시집『종점부근』의 진술을 생명
의지로 보여주는 언술기법은 손애라의 시적 역동감이기
도 하겠다.

• 서정시의 맥

　인간의 심중 깊은 곳에서 우러나오는 감성은 서정시라
는 틀을 빚는다. 손애라의 시에서 읽어낼 수 있는 서정시
의 모습은 시인이 탐구하는 인간내면의 그림이라고 할 수
있겠다. 그 그림 속으로 들어가서 심상의 여러 국면을 탐
구하는 것은 손애라 시인의 정신세계를 엿보는 일이 되겠
다. 시는 그 시인이 빚는 정신의 결과물이기 때문이다. 그
것을 시적화자를 내세워 말하게 하는 편의성을 갖는다.

　　작은 눈에 수줍음 타는 춘자야
　　임금님의 일곱째 딸로 태어나 버림 받았던 바리

데기는 아버지를 살릴 생명수를 구하려 길을 떠나서 걷고 또 걷다가 만난 무동이에게 몸을 주고 아들까지 낳아 주었지만 마음만은 뺏기지 않아 죽은 아버지를 살렸단다

어린 내 동생 춘자야 이 세상 동정의 눈물에 마음 뺏기지 말아라 연민의 시선을 부끄러워하지 말아라 네가 마셔야 할 생명수는 감은 눈까풀 사이로 흐르는 네 어머니의 눈물 한 방울이다 앙상한 손가락을 마주 잡고 잠 못드는 밤에 가만히 내쉬는 한숨이 너의 양식이다 이 시대의 무동이는 햇살 같은 웃음을 사방에 뿌리며 아름다운 걸음으로 성큼성큼 다가오지만 그 발자취에는 구정물이 고이고 그 입김에서는 썩은내가 풍긴다

춘자야 숨어라 꼭꼭 숨어라 두 눈 꼭 감고 귀도 꼭 막고 어머니 등 뒤에 숨어라 누구보다도 잘 보이고 잘 들리는 네 어머니 심장의 고동소리를 들어라 억만년 전부터 너만을 사랑한 대지의 힘찬 숨소리를 들어라

－「춘자에게」 전문.

인용이 다소 길어졌지만 굳이 전문을 인용한 것은 손애라의 시적인간애가 위 작품에 고스란히 남아 있는 것으로보기 때문이다. 시의 말미에서 '어린 소녀 춘자는 귀 먹어서 말 못하고 눈 멀어서 볼 수도 없는 어머니의 입이 되고 눈이 되어 씩씩하게 살아가는 이 시대의 바리공주'라는 주석을 붙여 놓았다. 춘자라는 앳된 여성을 내세워 시대의

표상으로 삼으려는 손애라의 의도는 이른바 '효'의 전범으로 드러내고자 함에 있을 것이라고 굳이 생각해 본다. 자칫 심청전을 연상케 하는 대목에서 '춘자'는 디지털시대의 또 다른 심청으로 읽힐지도 모른다. 시가 갖는 풍향을 굳이 셈할 생각은 없지만 '춘자효과'는 다분히 마른 가슴을 적실 것이다.

초등학교 가까운
골목길 끝
단층집에 그가 살았다

탁구공 구르는 소리
핑 퐁 핑 퐁 들려오는 한낮
낮은 담장 밖으로
기웃이 고개 내밀어 내다보던 그

양지바른 남향집
창문턱에 앉아 기타 치던 그

석양 무렵이면
마당에 서서
긴 팔 치켜들고 기지개 켜던 그

한때 황금의 종 같은
열매 무성히 매달던 때 있었으나

이제는
잎새 다 떨구고
홀가분한 검은 몸으로 서 있는 그의 옆에

가만히 섰다

나도 한 그루 작은 나무가 되었다
- 「모과나무」 전문.

손애라의 「모과나무」는 '낮은 담장 밖으로 / 기웃이 고개 내'미는 의인화 기법으로 된 회억의 산물이다. 모과나무처럼 향기로운 열매를 달고 싶은 손애라는 '나도 한 그루 나무가 되었다'며 바라던 바가 이루어졌음을 '그의 옆에 가만히' 서 있는 정서로 대변한다. 시인은 본래 무엇이 되고 싶은 존재이기도 하다. 풀밭에 있으면 풀밭이 되고 싶고, 강가에 있으면 강물이 되어 흘러가고 싶다. 아니 그렇게 된다. 시적화자는 모과나무가 되었다가 아버지가 되었다가 어머니가 되기도 한다. 그런 점 시인은 마음의 변장을 할 줄 아는 철부지 같은 존재다. 하기야 철부지가 시를 쓰게 한다. 과학처럼 정직하고 수학처럼 확실하다면 시의 세계는 따분할 것이다. 시를 읽는 독자 또한 너무나 정확하고 너무나 반듯한 시의 세계를 따분해 할 것임은 틀림없다. 시의 색깔이 다양하고 변화무쌍한 시적세계를 봄으로써 시를 음미하는 맛을 깨달을 것이다.

언제나 고적하던 나,
보다 더 고적한 그대
초여드레 달빛에 씻기어
파르라니 빛나는 섬섬옥수는

우리 공주 선화보다 어여뻐서
잡을 염도 내지 못하고
마주 서 있기만 하였는데

별과 별 사이 이어지듯
사람과 사람 사이 이어지듯
그대와 나도 이어져
천년의 이별 뒤에 다시 만났네

오늘은 오래 참은 등걸에 기대어
풍겨나는 그대 살내음
침향으로 맡아보네

　　　　　　　　－「버드나무 아래」 부분.

『구약성서』의 「시편」 중에는 이스라엘 민족이 바빌론
Babylon의 포로가 되었을 때, 바빌론 강변에 앉아 시온
Zion을 생각하며 눈물을 흘리며 그곳 버드나무에 하아프
를 걸었다는 구절이 나온다.

　손애라는 「버드나무 아래」에서 '별과 별 사이 이어지듯
/ 사람과 사람 사이 이어지듯 / 그대와 나도 이어져 / 천년
의 이별 뒤에 다시 만났' 음을 노래한다. 물론 두 상황을
결부시킨다는 것은 무리가 있지만 '버드나무' 라는 소재가
사람과 사람 사이의 교감을 갖게 하는 것임을 일깨우고 싶
다. 뿐만 아니다. 시라고 하는 예술행위가 어떤 구제가 되
는가에 대해서도 생각해 볼 여지는 있다.

　사울Saul왕의 위협을 받아오던 다윗David이 위협을 피

하여 몰래 동굴 속에 숨은 이야기 또한 『구약성서』에 나온다. 그 때 다윗은 금琴에 마음을 의지하여 위협과 고통을 참고 견딘다. 온갖 공포가 다윗에게 밀려갔으나 그는 금을 켜면서 마음을 안정시킨다. 다윗을 제거하려 하는 음모 속에서 불안한 마음을 달래주는 것은 금을 통한 노래 즉 예술행위가 다윗을 구원한다. 고난은 계속된다. 그러나 사울과 그의 아들 요나단 마저 죽은 뒤 비로소 다윗은 이스라엘의 왕이 되는 영광을 누린다.

이처럼 예술은 삶을 새롭게 하는 힘이 됨을 지적하지 않을 수 없다.

• 종점에의 길

시는 세계에 대한 참신한 깨달음을 도출하고 그에 이르는 길이다. 시의 깊이며 참신한 감각은 대상을 보는 특이한 시선에서 비롯된다고 볼 때 그 특이함이 새로운 시의 길이 됨은 굳이 말할 필요도 없는 일이다. 손애라의 시를 통독하면서 참신한 인식으로 직조된 시의 격조에 눈뜨지 않을 수 없다. 이는 보다 치열한 시정신에서 우러나는 현상으로 받아들여야겠다.

> 온몸에 울긋불긋
> 열꽃 피어났다
>
> – 「도화살」 부분.

안개는 형체 없는 제 몸을 슬퍼하지 않는다

       – 「운죽정」 부분.

작은 몸으로 바다를 다 안을 수 없어서
스스로 물빛이 되었다

       – 「글라스 캣 피시」 부분.

본래부터 보리를 알았으니
주린 배 채워줄 줄 아는

너는 보살이다

       – 「보리」 부분.

 대충 인용한 구절만 보아도 손애라의 시 세계가 전설적인 경향을 띤 참신한 발언으로 시의 무대를 각색하고 있다는 것을 알 수 있다. 이런 인식의 기틀에는 손애라의 설화 사상에서 그 근원을 캘 수 있다. 설화란 말할 나위도 없이 옛날부터 구전되어 오는 전설의 한 가닥이다. 그 대충을 살펴보면 다음과 같은 설화의 갈래를 대충 짚어볼 수 있다.

 ① 달을 바탕으로 하는 전설의 시:

  만월의 밤이면 폭풍우 치던 바다도 순한 아이
 처럼 잔잔해지고,
  이 세상 모든 여자는 어미가 되고 싶어 생리
 통을 앓는 거다

이 세상 모든 어머니는 정화수 한 그릇 떠놓
고 달님에 비손하는 거다

- 「설화 1」 부분.

② 새를 바탕으로 하는 전설의 시:

황금의 다리가 무거워 날 수 없는 새는 제 다
리를 임금님의 금은보관 옆에 남겨두고 떠나
서천에 닿았으나 다리가 없으니 앉아서 쉬지
못하고 끊임없이 날갯짓하며 허공중에 떠 있어
야만 했다 구만리장천을 다시 건너온 그가 산
하를 헤매며 제 다리를 찾아 다닐 때, 금부리로
구슬피 우는 소리는 듣는 이의 애간장을 끓게
하고 날갯짓 한번에도 광풍이 일어나니 천지만
물이 숨죽여 엎드리고 더러 심약한 이는 숨을
지우기도 하였다 이에 사람들은 그를 일러 극
락조라 불렀다

- 「설화 4」 부분.

③ 원혼전설을 바탕으로 하는 시:

어린 신랑 돌림병으로 잃고,

시름시름 앓다가 일어난

새각시의 분홍저고리

- 「술패랭이」 전문.

민간전설에서 달은 중요한 위치를 점한다. 정월 대보름 날 밤에 떠오르는 달은 신앙의 대상이 되기도 한다. 달이 뜨는 밤에 달에 비손을 올리며 한 해의 기복발원과 액땜을 비손하는 풍습이 민간신앙의 뿌리를 차지한다. 그런 점 달 전설은 '옛날 옛적에 달이 지구를 낳았다'(「설화 1」 부분) 고 믿는다.

새는 조상신으로 모셔지기도 한다. 점술상에 내려앉는 새소리는 조상의 넋으로 간주되기도 한다. 그것은 때로 죽 은 자의 원혼이 되어 나타나는 '돌림병'이기도 하다. '새 각시의 분홍저고리'는 새의 날개로 환유되어도 좋으리라.

시의 굽이굽이를 돌아온 손애라는 「종점부근」에서 한 시름 놓는다. 종점에 내려 여기저기 풍경을 돌아보는 시의 도정은 일상생활이 잊고 있는 부분을 시로 승화시키고 이 를 찍어낸다. 곧 생활이 시다. 시 따로 생활 따로가 아닌 생활자체가 시적긴장으로 팽팽함을 볼 수 있다. 하기에 쉽 게 접근하지 않는 곳으로의 발걸음이 선명하게 눈에 띈다. 이런 노력으로 시집 『종점부근』은 남다른 빛깔과 운치를 갖는다.

종점부근

손 애 라

시는 제 나름의 운명이 있는 것 같다. 어떤 시는 갑자기 생각난 단어 하나에서 시작하고, 또 어떤 시는 막연히 아스라한 분위기에서 비롯되기도 한다. 어느날 신새벽, 잠에서 깸과 동시에 퍼뜩 떠오른 생각을 종이에 옮겼을 때 군더더기 없는 한 편의 시가 될 때가 있다. 이런 경우는 며칠, 혹은 몇 달, 아니면 아주 오래전 시의 씨앗 하나가 나의 감성에 숨어들었던 경우이겠다. 얼핏 스쳐 지나간 어떤 것에서 비롯하여 모르는 사이 싹트고 자라 열매 한 알 맺는 날, 개운하고 기분 좋은 하루가 시작되는 것이다.

* * *

벼락을 맞은 듯한 전율로 찰나에 떠오른 상상을 글로 옮긴다. 고민은 시작되었다. 시의 소재가 신선한 먹거리라면 시의 표현은 먹음직하게 잘 차려낸 요리이다. 연습 없이 요리를 잘 할 수 있을까? 먹어보지도 않은 요리를 어떻게 만들까?

평소에 습작을 많이 해야겠다. 다른 사람의 좋은 시를 많이 읽어야겠다. 인문학과 예술 전반에 대한 독서가 필요하다. 역사를 알면 현재를 알고, 나아가 미래를 짐작하고 대비할 수 있다. 누구나 아는 이야기라도 출처와 근거를 확인하여야 한다. 시인이 공부하고 또 공부해야 하는 이유이다. 보이지 않는 마음을 시라는 집으로 짓는 사람이 시인이다. 마음과 몸이 같이 가듯, 숲과 나무가 같이 하듯, 늘 시를 품고 살고 싶다.

* * *

나지막한 관목 뒤에 숨어서 피는 들꽃도 시 한 수가 된다. 시장의 잡담 속에도 시가 있다. 무심히 걷어차 보는 돌부리엔들 숨어있지 않으랴. 아이가 던진 돌멩이에서 날개가 돋아나 다치지 않고 살포시 내려앉는 모습을 본 시인도 있다.* 도처에 있고 누구나의 마음속에도 간절한 시 한 편씩 싹틔울 날을 기다리며 숨죽이고 있을 것이다. 시를 찾는 순례행, 발길 닿는 대로 걷는 습관은 그래서

* 오규원 「아이와 망초」

생겼을 것이다.

* * *

낯선 골목길을 자주 걷는다. 어깨를 맞댄 판잣집들, 꼬불꼬불 이어지는 골목길은 막혀 있지 않다. 대문도 담장도 따로 없는 문 앞을 지나면 어떻게든 좁다란 길이 또 이어진다. 잘못 들어섰다가 돌아나올 일 없는 골목길은 사통팔달이다. 구절양장의 삶을 이어가면서도 행복한 얼굴을 한 사람들을 그곳에서 본다.

부지런한 손길이 미친 자잘한 아름다움이 그곳에 있다. 가난한 현관을 장식하는 고무함지에 심어둔 풀꽃, 작은 창문을 치장한 이국적 무늬의 보자기 한 장. 골목을 가득 채운 밥 짓는 구수한 향기와 생선찌개의 매콤한 냄새를 맡는다. 홀린 듯 다가가 문 앞에 서 있으면 아련히 떠오르는 어린 날의 기억들.

* * *

천마산 둘레길에서 매화나무 두 그루를 만났다. 어느 초봄에 처음 본 두 그루의 매화나무는 가지마다 꽃을 잔뜩 피웠다. 한 그루는 백매이고, 한 그루는 홍매이다. 산 중턱에 나란히 서서 붉고 하얀 꽃을 피운 매화나무는 부부나무일까, 동무나무일까. 언제부터 나란히 서서 산 아래 송도 앞바다를 보고 있었을까.

아침의 바다, 한낮의 바다, 석양에 물든 바다, 매화를 올려다보는 바다는 말이 없고 바다의 시선을 마냥 받는 매화나무도 말이 없다. 바다와 매화 사이, 천해길을 오르내리는 사람들도 말이 없다. 가파른 비탈길을 오르다 가쁜 숨 고르며 문득 돌아보아도 바다는 그냥 잠잠하다. 산기슭을 따라 다닥다닥 붙은 작은 창문들에 불이 켜지면 바다는 또 말없이 그 빛을 반사하여 작은 집들을 붉고 하얀 꽃을 피운 초봄의 매화처럼 장식해준다. 이런 호사에 어른들은 새로운 힘을 얻고 아이들은 키가 쑥쑥 자란다.

* * *

기차역 대합실의 등받이 없는 의자는 사람이 적을 때는 넓게 앉았다가 사람이 많아지면 조금씩 좁혀서 서로 등을 기대고 앉는다. 좁은 땅에 사이좋게 등을 기댄 작은 집들이 있다. 틈나는 대로 가꾸고, 살기 편하게 개량해가며 여러 번 고친 흔적이 보인다. 새털구름 한 점 높이 걸린 하늘에 약한 분홍빛이 감돈다. 황혼이 짙어지면 일 나갔던 가장은 고단한 몸을 이끌고 간소한 밥상이 기다리는 작은 집으로 돌아올 것이다.

사내는 부두가 내려다보이는 언덕에 앉아서 저 아래 보세장치장에 부려진 컨테이너를 보고 있다. 깊은 동굴 같은 눈으로 먼데를 보는 그가 생각하는 것은 무엇일까. 하루치의 양식일지 고단한 몸을 누일 한 칸 방일지 알 수가 없다. 무거운 몸을 일으켜 느릿느릿 걸어간다. 트레일러가 굉음을 일으키며 질주한다. 흙먼지 이는 신선로를 걸으면 대합실 등받이 없는 의자가 생각난다.

* * *

어느 산골짝에 퐁퐁 솟는 샘 하나가 있었다. 맑고 시원한, 맛 좋은 물이지만 먼 곳에 숨어있어서 더 유명해졌을 것이다. 맛볼 수는 없었어도 그 이름만으로 흠모하는 사람들은 특별한 일이 있을 때 그 물을 길어다 정화수로 썼다. 아들을 낳고 싶은 여자는 신새벽 남몰래 그 샘을 찾아 밤새 고인 맑은 물을 마시기도 했을 것이다. 청룡 황룡 품에 드는 용꿈을 꾸면서……. 혹은 물이 흐르고 흘러온 들녘을 황금빛으로 물들인다고 생각했을 것이다. 대지를 적시고 흘러 만물을 잉태하고 키우는 물. 나도 그 물을 찾아가 온누리 은혜로울 미끈하게 잘 빠진 자작나무 같은 詩 한 수 얻고 싶었다.

* * *

유구한 역사 속에서 고난과 핍박을 받은 민중들. 그럼에도 뿌리 마르지 않고 꽃떨기 꺾이지 않고 잘 헤쳐나온 우리의 어버이들. 일제의 착취도 견디고, 동족상쟁의 전란에도 끈질기게 살아남아 힘을 합치고 웃으며 잘 살아가는 사람들이 있다.

근면하고 부지런한 그들의 손은 마술사 같다. 옹기종기

어깨 결은 처마를 맞대고, 생각없이 막 칠한 담벼락도 은근히 조화롭다. 작은 집들 사이의 좁은 골목은 창조와 재창조의 경연장이다. 절묘한 공간 활용과 균형감각으로 덧대고 붙이고 기운 자국을 어느 추상회화가 따라올 것인가. 손바닥만한 땅뙈기도 놀리지 않는 텃밭가꾸기는 로컬푸드의 본령이다. 사십오도 비탈의 지형을 이용한 옥상주차장은 절묘한 슬기의 산물이 아닌가. 저마다 고무함지에 심어 가꾼 꽃, 꽃, 꽃에서는 그들이 떠나온 고향 들녘에 피었던 야생화의 향기가 풍긴다.

슬픔을 안고 모였던 그 마을들이 고난의 역사까지 품어 안고 자랑스러운 현재진행형으로 바뀌는 것을 보았다. 희망의 미래를 생각하면 따뜻한 노래 한 소절 귓가에 들리는 것 같다.

* * *

삶의 종점에 도착한 사람들은 우리 곁을 떠난다. 너무 빨리 떠나는 사람을 보며 우리는 아쉬워하고 슬퍼한다. 하얀색 국화꽃에 싸여 웃고 있는 얼굴을 보면 아득해진다. 신비한 장소를 찾아 아무도 몰래 생을 마치는 코끼리처럼, 바스라져 먼지가 되는 하루살이처럼, 생의 마지막이 간소하면 좋겠다.

어떤 사람이라도 그만의 때가 있고, 때가 되면 누구라도 가야한다. 떠난 뒤에는 추억만이 남아서 남은 이를 웃게도 하고 울게도 한다. 저마다 그저 열심히 걸어서 자기

만의 때에 도달한다.

　지금 이곳에서의 소멸은 곧 다른 어떤 곳에서의 탄생이 아닐까. 어제 떠나간 그가 오늘 내가 모르는 어떤 곳에서 한 떨기 풀꽃으로라도 다시 태어난다고 생각하면 마음에 따뜻한 바람 한줄기 불어든다. 이곳과 저곳의 인연. 차안 此岸과 피안彼岸이 둘이 아님을 깨달으면 사랑하는 이의 떠남은 곧 만남의 약속일 것이다.